賽雷三分鐘漫畫
西遊記

石猴出世、齊天大聖、攪亂蟠桃會

賽雷
全彩
漫畫作品

〔明〕吳承恩 原著

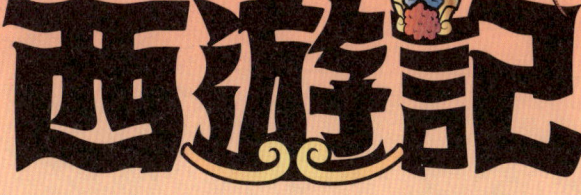

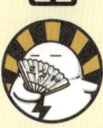

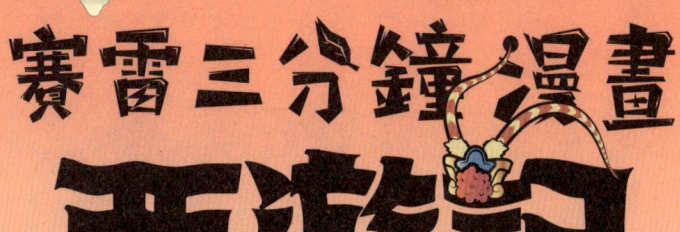

目　錄

1
石猴出世

在盤古開天開天闢地，三皇治世，五帝定倫之後，世界就分成了四大部洲，分別是東勝神洲、西牛賀洲、南贍部洲和北俱蘆洲。

在東勝神洲海外，有一個名叫傲來國的國家。

傲來國鄰近大海，海上有一座名山，喚為花果山。

這花果山上滿是靈禽異獸和奇花異草，山頂還有一塊仙石。仙石從盤古開天闢地時就已經存在，每天吸收天地靈氣、日精月華，逐漸從內部孕育出一個仙胞。

有一天，仙石突然迸裂，產出一個圓球模樣的石卵。一陣風吹過，石卵竟然化成了一隻石猴。

這石猴剛出生時，眼睛裡冒出的金光直接射到了天宮，驚動了玉皇大帝。

玉帝急忙命千里眼和順風耳打探一下是怎麼回事。

千里眼、順風耳！
快快打探一下！
遵旨！
回陛下，這金光是花果山仙石所產石卵見風化成的石猴發出的！

得知原來是花果山仙石化成了石猴，玉帝這才放下心來。

既然只是石猴，
便不必管他了。

石猴在山中生活，經常和一些猛獸玩在一塊。

一天天氣很熱，他跟一群猴子在樹蔭下耍了一會兒之後，決定一起去山澗裡洗澡。

小石猴，不遠處有條溪澗，咱們去那兒涼快涼快！
走！正合我意！

到了澗邊，猴子們看水流得又快又急，都好奇澗水的源頭在哪裡。

哪裡來的水呢？

於是，猴子們順著澗水一路尋找，發現了一股飛流直下的瀑布。

猴子們都對這股瀑布很感興趣。

誰有本事鑽進去，還
能毫髮無傷的出來，
我們就拜他為王！
這也太危險了……
去了怕是猴命不保。
我要進去！

石猴一下躍入了瀑布中，睜開眼一看，發現裡面沒有水，卻有一座鐵板橋。更神奇的是，橋對面居然是一座天造地設的石房，彷彿有人住一般。

這石房裡石鍋、石灶、石床、石凳等各種家當一應俱全，周圍還生長著翠竹、梅花、青松，環境極好；而且裡面空間也很大，容納千百口老小不成問題。

哪怕是把山裡的小動物全都叫來做客也不成問題。

然後，石猴跳到橋中間仔細觀察，發現橋上有一塊石碑，上面刻著：花果山福地，水簾洞洞天。

花果山福地
水簾洞洞天
哦，原來此地叫花果山水簾洞！

石猴開心得不行，轉身跳出瀑布外，告訴了猴子們這個好消息。

嘩!
大造化！大造化！
這瀑布後面不僅沒水，還是座天然的石房！大家以後不用再受風吹雨淋，可以有個安身之所了。

猴子們聽了之後，個個歡喜，紛紛讓石猴帶路，接著一個個跟著跳入了瀑布中。進了水簾洞之後，猴子們開始分起了家當，爭得不亦樂乎。

等到猴子們終於安靜下來時，石猴開口了。

大家還記得之前說過的話吧？我進了瀑布，又給大家找了個安樂窩。大家怎麼還不拜我為王？

猴子們聽了都沒意見，一個個排好隊，向上座的石猴朝拜，稱呼他為「千歲大王」。從此，石猴當上了群猴之王，還給自己起了個別稱——美猴王。

美猴王給猴子們定了職位後，天天帶著他們在花果山遊山玩水，日子過得十分快活。

但有一天，美猴王突然心生煩惱，哭了起來。

大王怎麼了？
我看是寂寞了……

眾猴一問才知道，原來美猴王是覺得自己壽命有限，在為不能長生不老而傷心。

一想到有一天會死掉，我就很難受……

眾猴聽了都有同感，一時間悲傷的情緒在猴群間彌漫開來。

這時，一隻通背猿猴跳了出來。

大王想長生不老，那只有成佛或者當神仙才能實現。

而正是通背猿猴的這番話，在日後造就了齊天大聖的傳說。

聽了通背猿猴的建議，美猴王很是高興。

那這些神仙在哪裡呢？
這個嘛……也許……大概……可能在南贍部洲吧……

聽聞神仙住在南贍部洲，美猴王馬上做了一個決定。

好！我明天就出發，下山去找神仙學長生不老術！

猴子們聽了紛紛表示贊成。

大王英明！

到了第二天，猴子們給美猴王辦了一場豐盛的告別宴，獻花，獻果，獻酒，痛飲了一天。

大……大王！再……
嗝！再……喝一杯！
不……不喝了，再喝
明天起不來了……

轉天，美猴王起了個大早，叫猴子們做了個木筏。

隨後，美猴王便在猴子們依依不捨的目送下， 獨自撐著木筏離開了花果山。

美猴王在海面上漂流了幾天，終於抵達了南贍部洲。

終於到了……
再不到要餓死了……

上了岸之後，美猴王見海邊有漁民正在捕魚，於是動起了惡作劇的念頭。

這就是人？長得跟
沒毛的猴子一樣啊，
待我去會會他們。

美猴王悄悄走到漁民面前，張牙舞爪，嚇得漁民四散奔逃。

呀呀呀呀呀呀！
有妖怪！

他還抓住了一個跑不動的，把人家的衣服剝了穿到自己身上。

這東西怎麼穿啊？
喂，你快起來教教我。

然後，他便大搖大擺的進了城。

石猴出世
西遊記
酒肆

在南贍部洲，美猴王走街串巷，在鬧市中學人禮，學人話，又四處尋訪神仙的住處。

不知不覺八九年的時間過去了，美猴王卻一直沒找到神仙。

有一天，美猴王走到了西洋大海，想著自己苦尋許久卻一無所獲，神仙可能不在南贍部洲！

對啊，我怎麼才想明白！

於是，美猴王自己做了個木筏，漂過西海，來到了西牛賀洲地界。

這次肯定能找到神仙！

到了西牛賀洲，有一天美猴王忽然看到了一座風景秀麗、寧靜幽深的高山，直覺告訴他這裡就是此行的目的地。

這山上仙氣飄飄，
一定住著高人！

於是，他迅速登上山頂四處張望，忽然聽到山林深處有人正在唱歌。

美猴王跳入林中查看，發現是一個正在舉斧砍柴的樵夫。

於是，美猴王趕忙上前行禮。

拜見老神仙！
不敢當，不敢當，我就是一砍柴的，不是什麼神仙。

樵夫連聲否認。美猴王仔細一問才知道，這個樵夫只是個普通人，因為平時生活勞苦，經常心情煩悶，所以才會透過唱歌來放鬆心情。

我以打柴為生，衣食還不得周全，怎敢自稱神仙呢？

但那歌聽起來富含哲理，一個樵夫怎麼會有這麼高深的感悟呢？

我雖然不通法術，但我家附近確實住著一位神仙。

這首歌就是那位神仙看樵夫時常因生活而煩惱，才教給他，讓他用來散心的。

自從唱了這首歌，
睡得好，睡得香。

美猴王本來以為又撲了個空，沒想到山中居然真有神仙。多年來的尋找終於有了結果，他連忙向樵夫問起了神仙的住處。

敢問那神仙現居何處？

不遠，此山叫作靈台方寸山，山中有座斜月三星洞，那洞中就有一個神仙，名叫須菩提祖師。

此外，美猴王還從樵夫嘴裡得知，這須菩提祖師教出的弟子不計其數，現今還有三四十人跟隨他修行。

這須菩提祖師教出的弟子不計其數，現今還有三四十人跟隨他修行。

你順著這山路一直走
就能見到了。

眼見拜師有望，美猴王辭別樵夫，急匆匆的奔向了三星洞。

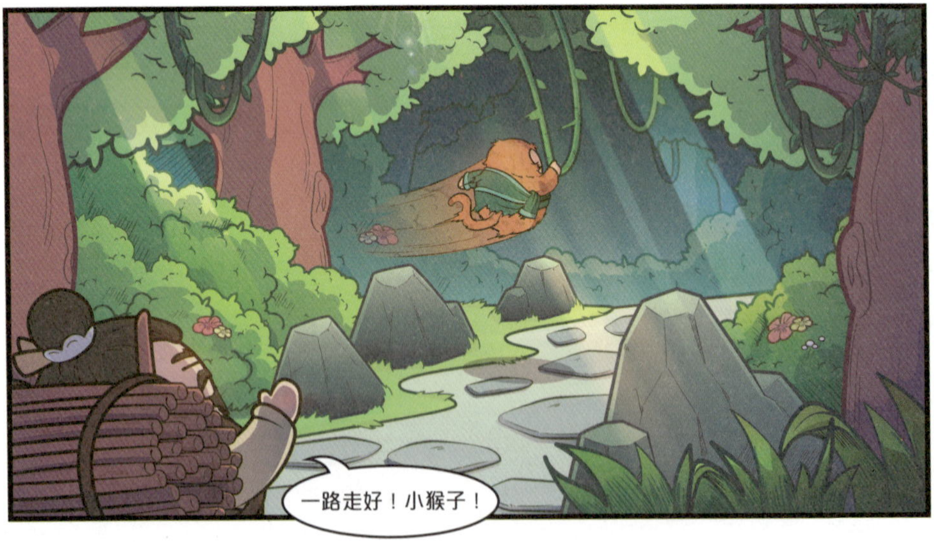
一路走好！小猴子！

這三星洞中的神仙是什麼樣的？美猴王能否拜師成功？
菩提祖師又會如何對待他呢？
三星洞
且看下回分解。

2
方寸山拜師

美猴王走出樹林，翻過山坡，果然遠遠看到了一座洞府。那洞府洞門緊閉，旁邊的山崖上還立著一塊巨大的石碑，上面寫著十個大字：靈台方寸山，斜月三星洞。

過了一會兒，洞門突然打開，從裡面走出來一個仙童。

美猴王趕緊從樹上跳下來，對仙童深深鞠了一躬，說明了自己的來意。

唰——
仙童，我是來拜師學藝的。

原來仙童的師父正準備講道，忽然叫仙童出來開門，因為他感知到外面來了一個拜師的，也就是在門外不敢敲門的美猴王。

師父說的人想必就是他吧？沒想到是隻猴子……
算了，師父肯定有自己的用意吧……

在仙童的接引下，美猴王整理了一下衣服，跟著仙童進到了洞府內。

那你就跟我過來吧，
一會兒見到師父一定要恭敬，
被趕出來我可不管。
那我打扮得好看一點，
讓師父一看就想收我為徒！

洞府深處幽靜莊重，十分華麗。菩提祖師坐在正中央的瑤台上，兩邊有三十個小仙童。

見到這種壯觀場景，美猴王趕緊下跪，不停的給菩提祖師磕頭。

師父！師父！
請收我為徒！

下面站著的是何人？從哪裡來？叫什麼名字？

師父，弟子來自花果山水簾洞，不遠萬里前來學道，是個石猴，沒有名字。

得知美猴王是花果山上的仙石所化而成，漂洋過海，花了十幾年才來到這裡之後，菩提祖師便答應了收他為徒，還給他取了個名字——孫悟空。

那從今天起你就拜入我門下，
名字叫孫悟空吧。

有了名字的美猴王非常高興，連忙對師父行禮以示感謝，然後到門外拜見完各位師兄，就在師父安排的房間住下了。

從此，悟空開始跟著師兄們學習生活常識，講經論道，寫字燒香，每日如此。空閒的時候，他就幹些掃地、養花、撿柴火、挑水之類的事情，不知不覺間過了六七年。

一天，菩提祖師登壇講道，悟空便跟隨師兄們在一旁聆聽。

顯密圓通，
悟道參禪。
哦？

結果聽著聽著他就開始興奮的抓耳撓腮，忍不住手舞足蹈起來。

好，這個好，
真不錯！

菩提祖師看到後有些生氣，問他為什麼要這麼做。

弟子在認真聽講，
忽然聽到師父講到妙處，
就忍不住手舞足蹈了，
請師父不要生氣。

聽完悟空的解釋，菩提祖師不僅沒有訓斥悟空，反而覺得悟空非常聰明，就問他來這裡多久了。

悟空，你來這裡
多少個年頭了？

我不知道怎麼看時間，
每次灶下沒火我去山後砍柴的時候，
看到山上的桃樹結桃子了我就摘下來吃，
在山上吃飽七次了。
那山叫作爛桃山。你吃了七次，
想必是過了七年了。
你今天想從我這裡學什麼？

悟空說但憑師父教誨。於是，菩提祖師就開始當著眾弟子的面講解起來。

「道」字門中有三百六十傍門，傍門皆有正果。占卜算卦、打坐修行、煉製丹藥……只要用心修煉，都可以修成正果。
只要你想學，
我就能教你。

但是悟空卻這麼問師父：「學會這些可以長生不老嗎？」

學會這些可以
長生不老嗎？
不能。

不能長生不老，
不學！不學！

菩提祖師聽悟空這麼說，從講道的高台上跳下來，手持戒尺指著悟空訓道：「你這潑猴，這也不學，那也不學，你到底想學什麼？」

你這潑猴，這也不學，
那也不學，你到底想學什麼？

說完，菩提祖師走上前，在悟空的頭上打了三下。

接著，菩提祖師便背著手走進裡屋，關上門，撇下眾弟子而去。

師兄們見師父生氣的走了，都很害怕，紛紛責備悟空頂撞師父。

悟空並沒有因為這事而苦惱，反倒滿臉賠笑，任由師兄們拿他出氣。

怎麼這樣弄他，
他都不生氣？

晚上他先假裝睡覺，到了半夜就悄悄起來穿上衣服，偷偷打開房門走到了外面。

到了三更天的時候，悟空來到師父的住所。

他從前門繞到後門，發現後門半開半掩，心中大喜。

哈哈哈，我果然沒猜錯，師父是想給我開小灶，這後門就是給我留的。

悟空側著身子，從門縫裡鑽了進去。

得小心點，別吵醒師父……
悄冥冥……
靜悄悄……

他走到師父的床榻邊上，看到師父蜷縮著身子，面朝裡面在睡覺。

師……父？

悟空不敢驚擾師父睡覺，就跪在了床榻前等候。

方寸山拜師
西遊記

沒過多久，菩提祖師醒了。

ZZZ
是悟空嗎？
啪
師父，是我！弟子跪在這裡等著您醒來呢。

菩提祖師一聽是悟空的聲音，便披上衣服坐了起來。

盤腿坐好後，菩提祖師開始訓斥悟空，問他大半夜不睡覺來這裡跪著做什麼。

三更半夜來這裡做什麼？
為師也是有隱私的，你知道嗎？

悟空想了想，給出了自己的回答。

師父在壇前打
了我三下……
怎麼，為師
打錯了嗎？
師父是在暗示我三更來
找您學長生不老術。

聽到悟空這麼說，菩提祖師十分開心，想著：這猴子果然是天地精華所生，不然怎麼能猜出我的暗謎……

這猴子果然是天地精華所生，不然怎麼能猜出我的暗謎……

如此也算是有緣，於是菩提祖師讓悟空跪在床榻前，傳授他長生不老術的口訣。

為師現在就傳你長生不老術。

悟空認真聽著，努力用心去理解。

牢牢記住口訣之後，悟空連連拜謝師父對他的恩情。

謝謝師父，我一定每天勤加練習！
快起來吧，以後別吵為師睡覺就行了。

學會口訣後，悟空沒事就練習，樂此不疲。

別念了！師兄
被你念暈了！

很快三年過去了，菩提祖師再次登壇，為弟子們講經論道。忽然，他問了一句：「悟空何在？」

悟空何在？

悟空聽到師父的呼喚，連忙在師父跟前跪下。

弟子在這兒！
悟空，你這三年的修行，
有何成果呀？

悟空說自己領悟得差不多了，基本掌握了長生不老術，與天地同壽，百病不生。

我自從練了長生不老術，
就像回到了十八歲。

聽了悟空的話，菩提祖師又對悟空進行了一番教誨。

學會這長生不老術，
雖然可以容貌不老，壽命更長，
但還不能實現真正的長生不老。
哦？這是為何？

因為學會這個法術後，
鬼神容不下你，會給你
降下三次劫難……

五百年後，上天會降天雷劈你。
躲得過，你就能壽與天齊。
躲不過，你就會原地喪命。

師……師父……還有兩次呢？

再過五百年，
上天又會降陰火燒你。
這種火跟普通的火不一樣，
它會從你的腳底開始，從下
到上，一直燒到你的眉心。
當你的內臟被燒成灰的
時候，你的千年修為也
就灰飛煙滅了。

最後，再過五百年，上天會降狂風吹你。
這風也不是平常的風，而是贔風。
啊啊啊啊啊！
一旦被這種風吹入體內，你的
骨頭和肉身就會慢慢分解。
最後整個人被徹底摧毀。

聽完師父的話，悟空嚇壞了。

完了！這怎麼看
都是死路一條啊！

於是，他對著師父連連磕頭，求師父傳授他躲避這三次劫難的法術。

經
求師父傳授徒兒躲避
這三次劫難的法術。
師父的恩情，悟空這
輩子都會記住的！

菩提祖師說躲避劫難的法術有兩種，分別是天罡三十六變和地煞七十二變。

你看你想學哪一種呀？

悟空選了變化更多的七十二變。

一種三十六變，一種七十二變，那自然是選擇變化更多的那一種！
師父，俺想學七十二變！
那好，你上前……

菩提祖師將悟空喚到面前，將口訣傳授給了他。

哦？哦？原來如此！

這悟空也是非常聰明，聽完師父的口訣之後便開始修煉，當場就把七十二變給學成了。

變
師父，你看！
這猴子……
果然天資聰慧……

學會七十二變的悟空能成功化解劫難嗎？
菩提祖師還會傳授他什麼神通？
且看下回分解。

3
鬥混世魔王

有一天，菩提祖師跟弟子們在三星洞前欣賞晚景，看到悟空在身旁，就問他修行得怎麼樣了。

承蒙師父的恩德，
徒兒已經練得差不多了，
現在能踩著雲霞飛起來了。
哦？那就給大家演示演示。

於是，悟空翻了個跟頭，跳了五六丈高。

然後，只見他踩著雲霞飛了出去。

嘿！飛啊！

差不多一頓飯的工夫之後，他就飛了回來，落在了師父面前。

師父，徒兒飛得怎麼樣？
你用了半天的時間，才飛了不到三里遠，
算不上是騰雲駕霧，只能算是爬雲！

一天之內遊遍四海，這樣
才能算是騰雲駕霧。

悟空聽了之後，覺得自己目前學到的跟師父描述的差別很大，便連忙給師父磕起頭來。

師父，幫人幫到底，索性你就大發慈悲，
把這個騰雲駕霧的神通也一起傳給徒兒吧，
徒兒不會忘恩的。
神仙都是跺跺腳就能起飛，
你卻不是這樣，
我就傳你個筋斗雲吧。

說著，菩提祖師就把口訣傳給了悟空。

學會這個筋斗雲之後，
只要念口訣，一個筋斗
就能飛十萬八千里遠。
哇！謝謝師父！

師兄們聽後，跟著調侃了悟空一番。

悟空好造化！你學會了這個神通，
以後就可以給人家送文書、傳口信，
不管到了哪裡都能有口飯吃！

天黑後，大家回到各自的住處。就是在這一夜，悟空學會了筋斗雲。

從此，悟空不僅可以長生，也更加自在逍遙。

一個夏日，悟空和師兄們在松樹下會講，大家都想看看悟空的七十二變修煉得怎麼樣了。

不瞞諸位師兄，七十二變我全都學會了。

悟空當時心情很好，就問師兄們想讓他變成什麼。

你就變成這棵松樹吧。

悟空念動口訣，搖身一變，就變成一棵大松樹，根本看不出任何猴子的特徵。

我變！
哇！
一模一樣啊！太像了！

師兄們看了之後，紛紛鼓掌稱讚他。

不過，吵鬧聲驚動了菩提祖師。

是誰在這裡吵鬧？
你們這樣大呼小叫，
還像修行的人嗎？

見師父從屋裡出來了，師兄們連忙解釋，說是因為悟空的七十二變太精彩，大家忍不住稱讚喝彩，才會不小心驚擾了師父，希望師父不要生氣。

悟空這不也是為了逗大家開心嘛……

菩提祖師見悟空學了點本事就賣弄了起來，非常生氣，便讓其他人都離開，只把悟空叫了過來。

我教你神通是讓你賣弄的嗎？假如別人見你有神通，想求你教他，而你又不想教的話，別人會加害於你的！

說完，菩提祖師就要趕走悟空，讓他從哪裡來就回哪裡去。

你我師徒緣分已盡，你走吧！

悟空離開花果山二十年了，很想念自己的猴子猴孫，但他還沒報答師父的恩情，於是便苦苦哀求師父不要讓他離開。

別說報恩了，以後你能不連累我就不錯了！
師父……

悟空見師父不肯留他，只能告別。臨行前，師父還讓他立下了誓言。

你以後不管怎麼惹禍，都不准提自己師出何處，不然我就讓你粉身碎骨，永世不得翻身。

話已至此，悟空只能答應。

悟空謝過師父，和師兄們告別之後，便默念口訣，駕著筋斗雲回到了花果山。

回到花果山後，悟空發現自己曾經生活過的地方殘破不堪，周圍還有很多悲鳴的聲音，很是傷情。

於是，悟空喊了一聲。

岩石邊，花叢中，樹林裡，大大小小的猴子跳出來了千千萬萬隻，把悟空圍在中間，一邊給大王磕頭一邊訴苦。

大王！你總算回來了！
我們等你等得好苦！

原來最近有一個妖怪想霸占水簾洞，猴子們捨身保衛家園，卻被搶走了武器，很多子孫還被活捉了。

可惡！竟然趁我不在，
欺負我的猴子猴孫！

如果悟空再晚個一年半載回來，這花果山水簾洞就要徹底落入那妖怪的手中了。

大王，你可要替我們做主啊！

這妖怪叫混世魔王，住在北方，猴子們也不知道他住得離水簾洞有多遠。

你們等著，待我去會會他，給你們討個公道！

悟空縱身一躍，跳上筋斗雲，一路向北尋找混世魔王的老巢，直到碰到一座險峻的高山。

悟空正要停下來欣賞美景，突然聽到山下有人說話，就順著聲音，找到了一個名為水髒洞的地方，洞門外還有幾個小妖怪在跳舞。

水髒洞
這應該就是混世魔王的老巢了！

於是，悟空讓這些小妖怪傳話，說花果山水簾洞洞主找上門來了，讓混世魔王出來挨打。

讓俺老孫送你進去通報吧！

小妖怪聽悟空這麼說，趕緊跑進洞裡跟混世魔王說出事了。

大大大……大王，不好了！
花果山水簾洞洞主找上門來了！
什麼?!

魔王問小妖怪這洞主什麼打扮，帶著什麼兵器。

這洞主身穿黃衣，腳踏黑鞋，
腰上勒著帶子，看起來既不像普通人，也不像和尚，
更不像道士和神仙，赤手空拳來的。
什麼亂七八糟的？

聽完，魔王提著大刀走了出來。

是哪個不怕死的傢伙
敢來我這裡撒野！
水髒洞

見眼前的悟空身高不到四尺，年紀不到三十歲，手裡還沒有兵器，卻十分猖狂，魔王大怒。

你們就是被這小猴子打成這樣的？
哼，就是俺老孫！
你欺負我的猴子猴孫，
今天我找你算帳來了！

小猴子挺狂啊，
可惜待會兒就要變成我的
盤中餐了，哈哈哈！
少廢話！先吃俺老孫一拳！

見悟空出拳，這魔王也算有點武德，放下了刀，赤手空拳迎了上來。

無妨！我就讓
讓你這小猴子！

結果，大拳碰小拳，反倒是魔王被打倒在地。

咔吧
哎喲！我的手啊！

接著，魔王拿起地上的刀，朝悟空砍去。

悟空見他來勢洶洶，便拔下一把毫毛，丟進口中嚼碎，然後往空中一吹，大喊一聲：「變！」

剎那間兩三百個小猴出現了，前踴後躍的跳到魔王身上，抱的抱，扯的扯，把魔王給困住了。

鬥混世魔王
西遊記

悟空順勢奪走魔王的大刀，分開魔王身上的小猴，然後朝著魔王的頭頂砍去，把魔王劈成了兩半。

接著，悟空率領猴子們把洞裡的其他小妖怪全都消滅了。

小的們！算總帳的時候到了！

完事後，悟空把毫毛變成的小猴都收回來，卻發現還有三五十個收不回來。

收！
???
怎麼收不回來？

一問得知，這就是當初被魔王擄走的那些小猴。

大王！
我就知道你會來救我們的！
我們等你等得好苦！

洞裡還有很多石碗、石盆，都是從水簾洞搶來的。

這混世魔王……
怎麼拿我的漱口杯當酒杯，
真不講衛生……

悟空救了猴子們，拿回石碗、石盆，索性放了一把火，將水髒洞燒得一乾二淨。

啪！

孩兒們，準備啟程，回花果山囉！
大王！我們恐怕不是那麼容易就能回去的……
哦？怎麼說？
大王，我們當時只聽見耳邊有大風刮過，就來到了這裡，根本不認識回家的路啊……
這是他施展的法術，你們只管閉上眼，我來帶你們回去。
閉眼？

隨後，悟空念了一聲咒語，猴子們周圍便刮起了一陣狂風。

天地人
風大一動雲

等悟空讓猴子們睜眼時，大家都已經回到了水簾洞洞口。

小的們！
到家啦！
回來了！真的回來了！

留在花果山的猴子們早已準備好果子和美酒，列好隊伍恭候美猴王歸來。

在酒席上，悟空給大家講了自己這些年來的經歷。得知大王掌握了長生不老術，猴子們都來祝賀他，給他敬酒，一派歡喜熱鬧的景象！

接下來花果山還會發生什麼事情呢？
悟空會不會傳個一招半式給猴子猴孫呢？
且看下回分解。

龍宮

4
龍宮借寶

悟空滅了混世魔王之後，就開始教猴子們用竹子、木頭製作武器，同時用奪來的大刀教大家武藝。

孩兒們，都給俺操練起來！

但沒過多久，悟空便覺得這樣也不是辦法，因為這樣的大規模訓練，可能會驚動其他地方的大王。

看啊，這花果山的
猴子又在訓練呢。

萬一他們覺得花果山對自己有威脅，帶著妖怪殺過來，猴子們手裡的竹槍木刀，沒法抵禦敵人。

確實有點棘手……
該怎麼辦呢？

這時四個老猴站了出來，兩個是赤尻馬猴，兩個是通背猿猴，對悟空說了一番話。

大王，要弄到鋒利的兵器，其實很容易。
哦？怎麼個容易法？

我們花果山東邊有個叫傲來國的地方。
那個國家的城市軍民無數，肯定有很多兵器。大王到了傲來國，可以買也可以造一些兵器帶回來，這樣我們守護花果山就更容易了。

悟空聽後非常開心，駕著筋斗雲就飛了出去。

孩兒們，等我回來！

很快，悟空果然發現了一座城池，人來人往，非常繁華。

這裡這麼多人，
肯定有現成的兵器，
買太麻煩了，
不如用法術拿一些
得了。

悟空念起咒語，深吸一口氣對著這座城池吹去，緊接著便刮起了一陣狂風，飛沙走石，十分嚇人。

滿城的軍民都被嚇得緊閉房門，不敢出來。

這時悟空從天而降，徑直走到武器庫中。

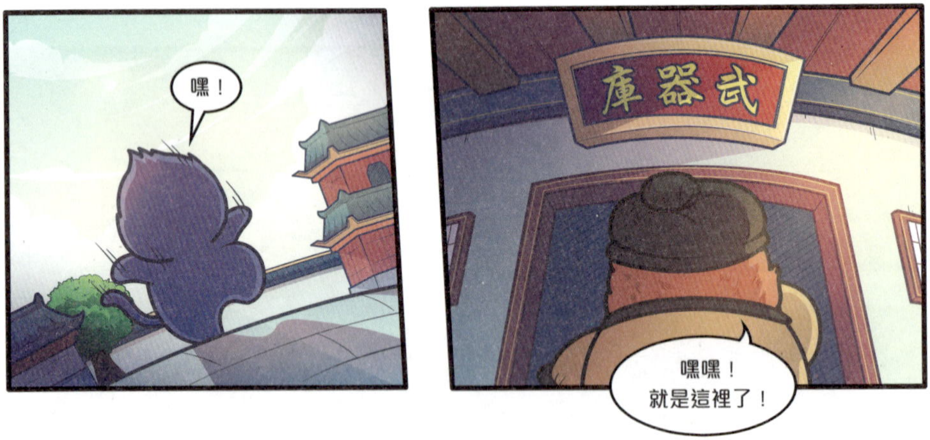
嘿！
庫器武
嘿嘿！
就是這裡了！

武器庫裡東西非常多，刀槍劍斧樣樣俱全。

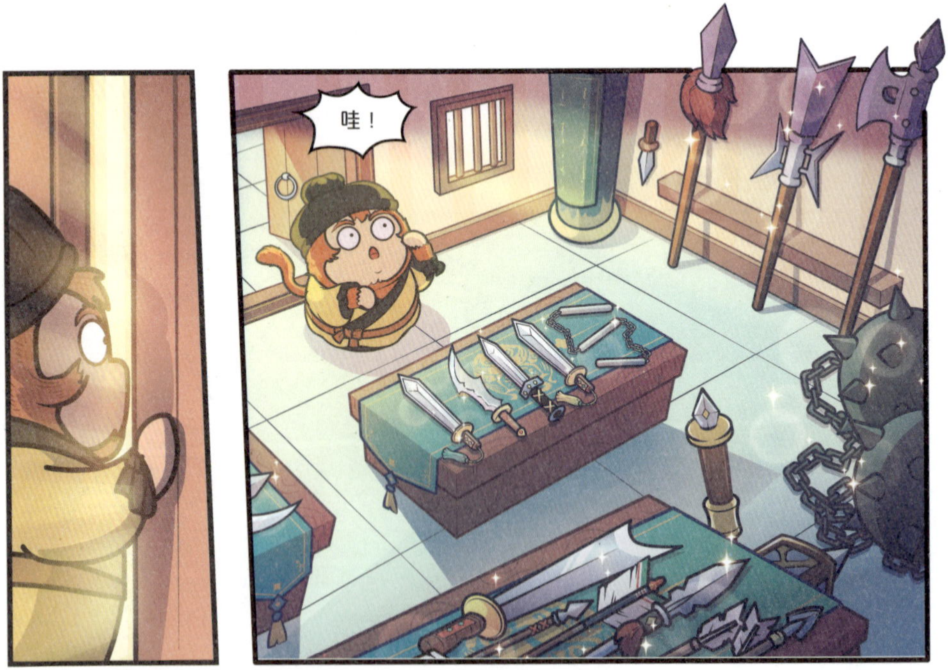
哇！

悟空看了非常開心，隨即拔下一把毫毛，放入口中嚼碎，然後往空中一吹，大叫一聲：「變！」

毫毛瞬間變成千百個小猴，開始搬起武器來。

力氣大的拿個五六件，力氣小的拿個兩三件，直接把武器庫給搬空了。

這群猴子真過分，
連根猴毛都不留給我。

接著，悟空施展法術，帶著毫毛變成的小猴們回到了花果山。

花果山的猴子們正在洞門外玩耍，忽然聽到很大的風聲。

起風啦！

嗯？那是……

緊接著半空中出現無數猴精，嚇得猴子們紛紛躲藏了起來。

嫣呀！好多猴精打過來了！

這時悟空從空中落地，收了毫毛變成的猴精，將兵器堆放在洞門前。

小的們！
都出來領兵器了！

猴子們看到洞門前只剩悟空在那裡站著，就都跑上來磕頭。

都出來吧，是大王！

猴子們問悟空發生了什麼事，悟空便把使狂風、搬兵器的事都說了一遍。

猴子們謝過悟空後，便爭搶兵器，吆吆喝喝，玩了一整天。

第二天，悟空召集所有猴子排兵佈陣，一共四萬七千多隻猴子，規模大到驚動了附近的妖怪。

哈！
哈！
不，不要慌，我們現在投降還來得及。

各路妖王共有七十二個，都來拜見猴王，以他為尊，每年進貢。

免禮免禮！

雖說花果山該有的都有了，但悟空自己使的這把大刀卻不太稱手，因為實在是太輕了。

堂堂美猴王的武器，輕得像個玩具，傳出去大家不得笑話我嗎？
算了，這破玩意俺老孫不要了。

於是，悟空把這事告訴了猴子們，四位老猴又給悟空出起了主意。

大王是仙聖，這些凡間兵器肯定不中用！不知大王能去海裡嗎？
自從我學會七十二變、筋斗雲之後，可以上天入地，水火不侵，沒有去不了的地方。
龙宫
既然大王有這種神通，我們水簾洞的鐵板橋下，水能直通東海龍宮。大王可以去找老龍王要件兵器，肯定有適合的。

悟空念起口訣，用了一個閉水法，就從橋頭跳了下去。

來到東海海底，悟空正好碰到一個巡海的夜叉。

這位是何方神聖？
請說明一下自己的來歷，我好通報迎接。
我乃花果山水簾洞孫悟空，是你家老龍王的鄰居，你為何不認識我？

聽完，夜叉急忙去水晶宮通報。東海龍王敖廣隨即帶著龍子、龍孫、蝦兵、蟹將出宮來迎接悟空。

大王，外面有個叫孫悟空的猴子要見您！
不要慌，一個猴子而已，大家跟我去看看。

將悟空迎進宮中後，龍王便邀請他入座飲茶。

敢問這位仙人是什麼時候成仙的？學的是什麼仙術？
我出生後就開始修行，修得個長生不老的身體。原本想帶著猴子猴孫守護水簾洞，卻發現武器不太稱手，聽說龍宮寶貝多，特來求件武器。

見悟空這麼說，龍王不好推辭，就讓手下去取了一把大刀。

原來是這樣啊。去！把武器拿來給上仙看看。

上仙，請！

結果悟空說自己不會用刀，想要一件別的。

我完全不擅長使刀啊！

於是，龍王又讓手下抬出來一把九股叉，重三千六百斤。

你個小猴子可別說大話，這麼沉的
武器你能拿得起來嗎?! 差不多得了。

悟空接在手裡，把弄了兩下就放下了。

太輕了，不稱手，
再換件別的。
啊！我的地板！

龍王心中有些害怕，又讓手下抬出一柄畫桿方天戟，重七千二百斤。

鯉

悟空把戟接到手裡，比畫了兩下。

嗯，這手感……

悟空覺得這戟還是太輕了，便將它扔了出去，插在了水晶宮的地面上。

還是輕！輕！輕！
鏘——
上仙，這戟是我宮中最重的武器了。
龍宮能缺寶貝嗎？你再去找找看，說不定還有別的。

這時，龍母和龍女出來悄悄對龍王說了一番話。

父王，這猴子一看就非同小可，我們不是還有一塊神鐵嗎？它最近總是在發光，難道就是因為這猴子要來？
那是大禹治水時用來測水深的，能有什麼用？
管它能不能用，能打發這猴子就行了。

按照龍母和龍女的意思，龍王對悟空說了這事。悟空讓龍王拿來看看，龍王卻說太重拿不動，得悟空親自去拿。

上仙，請隨我來。
什麼寶貝啊？還得讓俺老孫親自出馬？
龍宮

龍王帶著悟空來到藏寶物的地方，忽見金光萬道。龍王指著放光的地方，說神鐵就在那裡。

上仙，那個閃閃
發光的就是了。

悟空上前一看，發現這是一根斗來粗、二丈餘長的鐵柱，便用兩隻手使勁搬了一下。

這也太粗太長
了，再短細些
才能用。

悟空一說完，這鐵柱就縮短了幾尺，細了一圈。

哇！真變細了。
這寶物竟能聽他號令？

於是，悟空拿起來掂了掂。

上仙！不可啊！
嗯，不錯！不過要是能再細點就更好了！

結果，那寶貝真的又細了一些！悟空十分開心。

上仙！危險啊！
嗚呼！

悟空拿著寶貝仔細看了看，發現它兩頭是兩個金箍，中間刻著「如意金箍棒」五個大字，重一萬三千五百斤。

上仙，輕點啊！
喔！金色傳說！

悟空玩了一會兒，又說：「再短細些更妙！」

再短細些更妙！
如意金箍棒

悟空說完，金箍棒果然又短細了一些，只有二丈長短，碗口粗細。

哇，這寶貝可真棒 ！

龍宮借寶
西遊記
龍宮
箍棒

悟空拿著寶貝，回到水晶宮一陣耍弄，嚇得龍王和他的手下膽戰心驚。

上仙，別鬧啦！
俺給你們來一個
海底龍捲風！

耍夠了之後，悟空將寶貝拿在手裡，坐在水晶宮大殿中央，開始感謝起好鄰居龍王送自己寶貝。龍王雖然心裡害怕，嘴上卻不敢說什麼。

真是個好寶貝。
謝謝了，龍王！
不敢不敢……

沒過多久，悟空又覺得自己拿著這種寶貝，身上卻沒件與之般配的像樣的衣服。

只可惜我這衣服太普通了，
要不然肯定更帥氣。

於是，悟空又想從龍王這裡拿套披掛。

要不再給俺整套披掛。

但是，不管悟空怎麼跟龍王商量，龍王都不肯答應他。

上仙，這……龍宮的鎮海之寶都被你拿了，實在沒有什麼配得上你的披掛了。
如果真的沒有，俺扒了你的這身龍皮穿也不是不行！

悟空真的會拿金箍棒打龍王嗎？
他最終能否如願以償拿到披掛？
且看下回分解。

5
大鬧地府

眼看悟空的金箍棒要掄向自己，龍王慌了，趕緊改口說自己有三個弟弟。

上仙，慢！
本王還有三個弟弟！

他們分別是南海龍王敖欽、北海龍王敖順、西海龍王敖閏。
哦？
本王這裡沒有的，他們的宮殿裡或許會有。

原來龍王這裡有一面鐵鼓和一口金鐘，一旦發生什麼急事，只要擂鼓撞鐘，弟弟們就會馬上趕來。

上仙，您稍事休息，本王馬上叫他們過來！
好吧，那老龍王你快點，俺老孫閒不住，老想揮棒子。
是是是！

接著，龍王就讓手下去擂鼓撞鐘。

還等啥呢！快敲啊，趕緊的！

鐘鼓響了之後，果然驚動了三海龍王。

西海
有情況？
南海
哥哥！
北海
我來也！

沒過多久，他們就趕到了東海。在弟弟們的詢問下，東海龍王把悟空奪神鐵，要披掛的事情一五一十的說了出來。

此次讓弟弟們
辛苦跑一趟，正是
為了討要套披掛，
好打發他走。

敖欽聽了大怒。

太欺負人了，咱哥幾個帶兵拿下他！
別說拿下他了，那塊神鐵重一萬三千五百斤，被碰一下就得丟半條命！
二哥不要跟他動手，我們先送他披掛打發他走，再上天把這事告訴玉帝，玉帝自會收拾他。

於是，北海龍王敖順拿出了藕絲步雲履，西海龍王敖閏拿出了鎖子黃金甲，南海龍王敖欽拿出了鳳翅紫金冠，準備獻給悟空。

龍王看後很開心，將幾位弟弟帶到水晶宮，把這套披掛送給悟空。

不愧是我的好弟弟，
關鍵時刻果然靠得住！

悟空將金冠、金甲、雲履穿戴好，跟龍王們客套了一下，便揮舞著金箍棒離開了。

這套披掛真是太適合上仙了！
哪裡哪裡，都是你們的寶貝好，那俺老孫告辭了！
上仙慢走！有空常來啊！

四海龍王心裡很不痛快，商議著該如何向天庭上奏。

這個妖猴可算走了！
要狠狠的參他一本！

悟空從海底回到鐵板橋頭，四個老猴領著猴子們都在橋邊等待。

小的們，俺回來了！

大王！大王！

見大王從海底回來，身上卻沒有一點水跡，金燦燦的，猴子們紛紛高呼：「大王威武！」

大王威武！

悟空坐在自己的寶座上，將金箍棒豎放在地上。一些好奇的猴子上前來拿金箍棒，但不管怎麼用力，都像蚍蜉撼樹，不能讓這金箍棒移動分毫。

大王，這個寶貝這麼重，
你怎麼拿回來的？

悟空將自己在龍宮的經歷都說給了猴子們聽，說完便讓猴子們站遠點，準備現場將金箍棒變一變給他們看。

小！小！小！

金箍棒持續變小，最後變成了繡花針大小。

有誰需要補衣服嗎？
太神奇了！

見悟空將金箍棒藏進了耳朵裡，眾猴驚呆了。

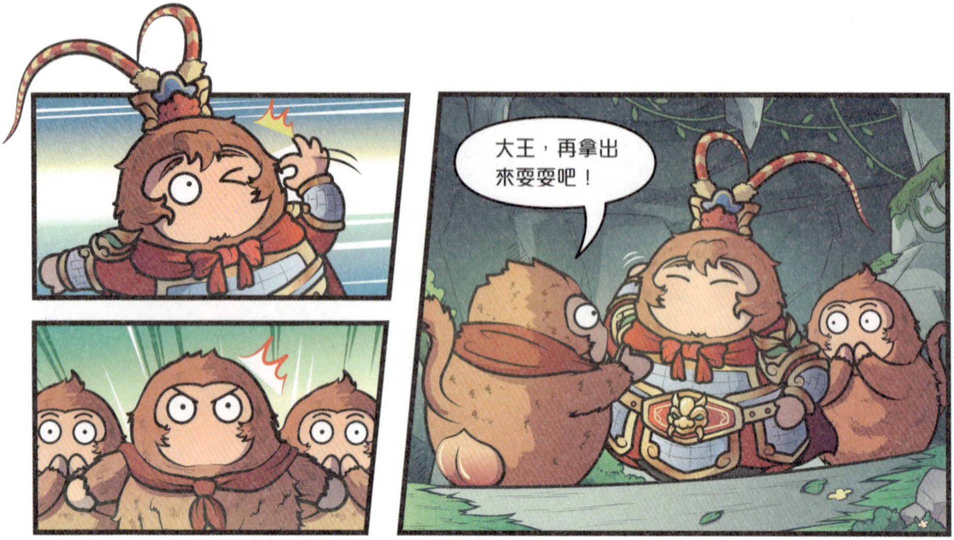
大王，再拿出
來耍耍吧！

於是，悟空便從耳朵裡取出金箍棒，托在手掌上。

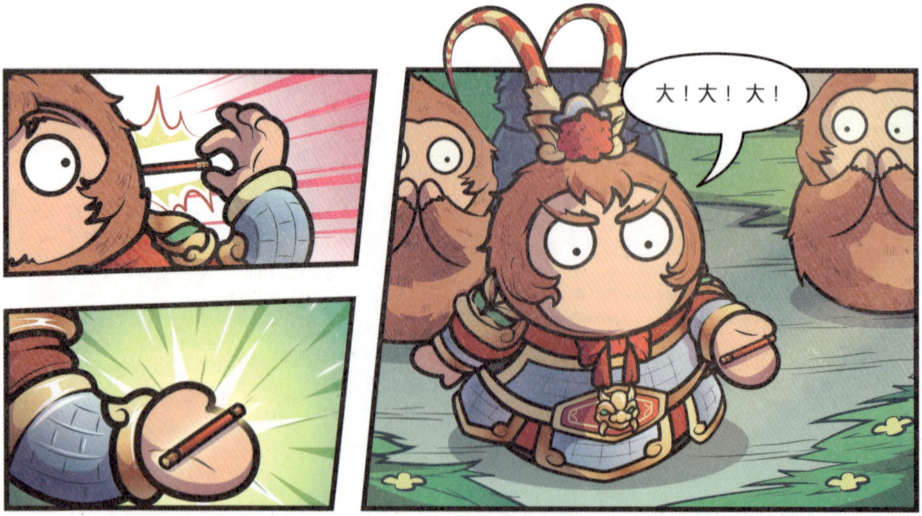
大！大！大！

繡花針大小的金箍棒轉眼間又變粗變長了。

悟空玩得開心，乾脆走到洞外，將寶貝握在手中，使出神通，大喊一聲：「長！」

孩兒們，給你們
看個厲害的！長！

接著，悟空就長得身高萬丈，頭如泰山，腰如峻嶺。

他手中的金箍棒也跟著變長，頂端上至三十三天，底端下到十八層地獄，嚇得各種妖魔鬼怪磕頭禮拜，戰戰兢兢，魂飛魄散。

隨後，悟空收回神通，金箍棒也變成繡花針大小，被他藏進了耳朵裡。

大王太厲害了！

悟空回到洞府後，各路妖王紛紛前來祝賀。悟空也大設宴席，款待各路妖王。

哥幾個來給你
慶祝一下。
來來來……裡面請！

在酒宴上，悟空將四個老猴封為健將：兩個赤尻馬猴為馬、流二元帥，兩個通背猿猴為崩、芭二將軍。以後花果山的大小事務，都由這四位健將負責。

花果山不用自己操心了，悟空就開始遨遊四海，廣交朋友，遍訪英豪，還和牛魔王、蛟魔王、鵬魔王、獅駝王、獼猴王、㺑狨王結拜為兄弟。

一日，悟空在洞府中招待六王，喝得酩酊大醉。

喝呀！怎麼不喝了？
嗝
真，真的喝不下了……
Z Z Z

送走六王後，悟空就在鐵板橋邊的松樹下睡著了。四健將守在悟空身邊，不敢大聲喧嘩。

你說大王是不是
在考驗我們？
我們要把崗站好了！

在睡夢中，悟空看到兩個人拿著一張批文，上面寫著「孫悟空」三個字。

你就是孫悟空？
是，是我，怎麼了？
別問那麼多，跟我們走吧！

他們走到悟空身前，套上鐵索，就把悟空的魂靈勾走了，帶到一座城邊。

嗯？這是哪兒？
我是不是喝多
了……嗝！

悟空漸漸醒了酒，抬頭一看，那城上有塊鐵牌，上面寫著三個大字：幽冥界。

幽冥界

悟空頓時打了一個冷顫。

幽冥界是閻王的地盤，為何把我弄到這裡？
批文
孫悟空
你陽壽到了，我倆領了批文，勾你到這裡。
俺老孫超出三界之外，不在五行之中，已經不受他管轄，你們怎麼敢勾我？

那兩人只管拉扯，非要拖悟空進城。

你快跟我們走啊！

悟空怒了，從耳朵中掏出金箍棒變大，將這兩人一棒打死。

你們……
破
差不多……
夠了！

接著，悟空解開身上的鐵索，掄著金箍棒打入城中。

牛頭馬面嚇得東躲西藏，急忙跑進森羅殿。

大王，出事了，外面一
個毛臉雷公打進來了！

西遊記
大鬧地府

那十代冥王慌忙出來，見悟空長得凶惡，便高叫道：「這位上仙怎麼稱呼啊？」

原來這十王分別是秦廣王、初江王、宋帝王、仵官王、閻羅王、平等王、泰山王、都市王、卞城王、轉輪王，共同執掌幽冥界。

悟空早已修了長生不老術，與天地同壽，為什麼魂靈還會被勾到地府來？悟空非常生氣。

上仙消消氣，天底下同名者太多了，可能是勾錯了。
胡說！不可能是勾錯，拿生死簿過來給我看！

見悟空拿著金箍棒坐在森羅殿上，十王趕緊命令判官去取生死簿。

快！快去拿生死簿來給上仙看！
是！

判官不敢怠慢，取出一堆簿子逐一查看，但找了很久都沒有找到悟空的名字。

給我兩分鐘時間！
找……
找找……
找……
到底在哪兒呀?!

悟空親自查看，直到看到魂字一千三百五十號，才發現自己的名字，上面寫著：天產石猴，陽壽三百四十二歲，善終。

拿來吧你！

悟空拿起筆來，把自己的名字畫掉，然後又找到猴子類目，把所有猴子的名字也一併畫掉。

開什麼玩笑！
俺老孫還沒玩夠呢，
畫掉……
猴子猴孫的也畫掉！
好了，以後我們就
不歸你地府管了！

接著，他一路揮舞著金箍棒離開了幽冥界。

好鬼不擋道，
都給俺老孫讓開！

十王拿他沒有辦法，只能一起去了翠雲宮，拜見地藏王菩薩，商量著把這事上奏給天庭。

這個妖猴快把我們給折騰死了！

悟空在打出城的過程中，被草疙瘩絆了一跤。

誰能擋我？
哎喲！

悟空猛的醒來，發現原來是在做夢。

哎喲！
睜眼！
怎麼？
竟然是夢！

悟空伸了個懶腰，將這事跟猴子們說了。

孩兒們，以後你們也能
跟我一樣長生不老了！

在那天庭之上的靈霄寶殿，有一天，玉皇大帝聚集眾文武仙卿上早朝。東海龍王和秦廣王同時上奏。

陛下，那花果山妖猴
罪孽深重，為非作歹！

他們狀告悟空大鬧東海龍宮和幽冥地府，把兩個地方攪得雞犬不寧。

陛下，我的
定海神針被
那個妖猴拿
走了！
我的生死
簿也被他
糟蹋了！
請陛下一定要為
我們做主啊！

玉帝了解情況後，便下達了緝拿悟空的旨意。

知道了，這件事朕定不會讓你們受委屈。
謝陛下！
還請龍神先回東海，冥君先回地府。
至於這妖猴……朕自會派出天兵天將將其擒拿！

玉皇大帝會派出何將去擒拿孫悟空？
孫悟空又會受到什麼樣的懲罰呢？
且看下回分解。

6
弼馬溫

玉皇大帝問眾文武仙卿，有哪一位願意下界降伏這妖猴。話還沒說完，太白金星就從眾仙中站了出來。

這石猴是天地孕育而成，既然已經修煉成仙，有降龍伏虎的本事，不如將他招安，給他個一官半職，把他困在天界，也就不需要興師動眾去捉拿他了。
好主意！准奏！

太白金星領了旨，從南天門駕祥雲來到花果山。悟空知道神仙來了，連忙出來迎接。

歡迎老神仙大駕光臨！

太白金星見到悟空，對他宣讀了玉帝的招安聖旨。

我是西方太白金星，
奉玉帝之命前來招安，
請你上天當神仙。

悟空聽了之後非常開心，命令四健將帶領猴子們演武，看好家。

我陪這老神仙上天去看看，
我不在的時候，你們四個帶領
孩兒們操練起來，看好家。
是！大王！

然後，悟空便跟太白金星駕雲而起，消失在了天空中。

小猴子！慢點！
老神仙，你這功夫可得練練呀！

悟空的筋斗雲比較快，先太白金星一步來到了南天門外，結果卻被守門的天兵攔住。

何人擅闖南天門？

這個金星老頭兒，真是個奸詐之徒，既然請俺老孫上天當神仙，怎麼還派人堵門不讓我進去？
你誰啊？
你又是誰呀？瞅我幹啥？
啐！臭猴子！瞅你怎麼了！
冷靜！

正當悟空和守門天兵爭吵之時，太白金星趕到了，對守門天兵說清了悟空的來歷。

原來是太白金星請來的石猴啊！
這就是當日從石頭中蹦出來的猴子嗎？

一番溝通下來，悟空消除了對太白金星的誤會，跟著太白金星進到了南天門內。

不就是個看門的！
你說誰看門的！
小猴子！進了天宮可不能那麼無禮！

一進到南天門內，悟空就見到了絕美的仙境，雲霧繚繞，金碧輝煌，絕非人間的景色可比。

太白金星領著悟空來到了靈霄寶殿外。

太白金星拜見了玉帝，悟空卻直挺挺的站在旁邊，側耳聽著太白金星向玉帝上奏。

陛下，臣領旨
把妖仙帶到了。
哪個是妖仙？
俺老孫便是。
我的帽子！

其他神仙見悟空這麼沒有禮貌，都非常生氣。

怎麼能把這種妖怪
帶到寶殿上來？
果然是野猴子！
毫無教養！

玉帝知道這猴子是石猴修煉成仙，不懂禮數，也就沒有生氣。

別跟這小石猴一般見識了！

玉帝問文選武選仙卿哪裡還有空閒的官職。

御馬監裡缺個管事的。
那……就讓他去做個「弼馬溫」吧。

說完，玉帝又差木德星君送悟空去御馬監上任。悟空非常高興，認識了御馬監的大小官員，也了解了自己的工作職責——養馬。

哇！這麼大一片地方都歸我管啊！

上任後，悟空白天黑夜都不睡覺，把心思全用在養馬上。

為什麼他一天到晚都這麼盯著我們？

才半個月的時間，這些天馬就被悟空養得又肥又壯，跟悟空非常親近。

這半個月發生了什麼？

有一天，其他監官安排酒席，為悟空接風賀喜。

大人，請！
哇！
大人請不要客氣！

正在歡快飲酒的時候，悟空放下酒杯問了一句：「我這『弼馬溫』是多大的官職？幾品啊？」

我這「弼馬溫」是多大的官職？幾品啊？
沒品，官職也不大，只能叫「未入流」。
什麼叫「未入流」？
就是末等的官，給天庭養馬的，養肥了沒功勞，養壞了還得受罰。

聽到這裡，悟空十分火大，直接把酒桌掀翻。

然後，他從耳中取出金箍棒，一路打出御馬監。

到了南天門，天兵知道悟空是弼馬溫，就沒有攔他，任由他衝出了南天門。

哎喲！這弼馬溫飛那麼快幹麼！

沒過多久，悟空回到了花果山。正在演武的四健將與各洞妖王見到悟空，紛紛磕頭迎接大王歸來。

恭迎大王歸來！

猴子們請悟空登上寶座，然後開始準備酒席為他接風。

恭喜大王，上天當官十幾年，
如今是衣錦還鄉了嗎？
我才去了半個月，
哪有十幾年？

原來這天上一天，地下就是一年，不知不覺花果山已經過了十幾年。

大王有所不知，這天上一天就是地上一年，
大王一去半個月，這地上就過了十五年。

悟空和猴子們說了自己的尷尬遭遇，覺得做這弼馬溫不體面，官職還小，就從天上回來了。

回來得好！您是我們花果山的大王，怎麼能去做個小小的馬夫？
那群老神仙要是有你們一半的眼光，我也不至於回來啊！

正在大家喝酒的時候，門外來了兩個獨角鬼王。

他們聽說悟空上天當了神仙，如今榮歸故里，特地帶來一件赭黃袍，想獻給猴王，以表歸順之心。

大王，這是我們的一點心意！
還挺識相，以後你們就跟我混吧！
多謝大王！
敢問大王在天上那麼久，當的是什麼官？
玉帝老兒不識才，封我做個「弼馬溫」！
要我說，大王不如當個「齊天大聖」！

悟空聽後，非常開心，連聲說好，馬上讓四健將去做了面大旗，旗上寫著「齊天大聖」四個大字。

齊天大聖
哈哈哈哈哈！
果然「齊天大聖」
才配得上我！

從此，猴子們以及歸順的各路妖王、洞主，都不許叫悟空「大王」，要改口叫「齊天大聖」。

從今天起，要叫
我「齊天大聖」！

天庭那邊，在悟空走後第二天，玉帝上早朝的時候，御馬監的官員就將悟空嫌官職太小，已經走了的事告訴了玉帝。

陛下，那個管馬的「弼馬溫」跑了！

玉帝聽後馬上傳旨，要遣將擒拿悟空。

有哪路天兵願意下界擒拿這妖猴？

托塔天王李靖與哪吒三太子上奏，表示願意領旨前去降妖。

李靖、哪吒請求出戰！
好！托塔天王李靖，朕現在就封你為降魔大元帥。
封你的兒子哪吒三太子為三壇海會大神。
朕現在命令你們，速速帶天兵下界擒拿妖猴！

李靖與哪吒帶著天兵天將，從南天門飛出。

眾將士，隨我一起抓拿妖猴！

到了花果山附近，李靖開始安營紮寨，並讓巨靈神當先鋒前去挑戰。

齊天大聖
巨靈神聽令！
去打個頭陣！

巨靈神掄著宣花斧來到了水簾洞外，看見洞外有很多猴子和妖怪正在打鬥操練。

呵，都是些不入流的小妖怪。

見狀，巨靈神對著洞口大喝了一聲。

我乃天庭大將！奉玉帝旨意，到此捉拿妖猴！
你們這些畜生！快去稟報弼馬溫！

猴子們聽後，慌慌張張跑到洞中，跟悟空說了這事。

大王，不好了，外面又有人來挑事了！

悟空聽後穿上披掛，拿起金箍棒，便帶著猴子們出門擺開陣勢。

哼！找打！
颯

齊
天
孩兒們，擺陣！

弼馬溫
西遊記
齊天大聖

巨靈神見悟空出來，便和他大聲對罵起來。

我乃李天王部下先鋒巨靈天將！如今奉玉帝旨意來捉拿你，你若敢說半個「不」字，這滿山的小妖都要跟你一起被殺。
你這毛神，我本想一棒打死你，但怕沒人回去給玉帝老兒報信。我留你一命，你趕緊回天庭，問問那玉帝老兒，老孫有無窮的本事，為何讓我給他養馬？你看我這旗上的字號，若他依此給我升官，我就跟你回天上；若他不願意，我就打上靈霄寶殿，讓他龍床都坐不安穩！

巨靈神聽悟空這麼一說，便睜大眼睛迎風觀看，果然看到門外一根高桿上有一面旗，上面寫著「齊天大聖」四個字。

字號？
盯……
齊天大聖

巨靈神冷笑了一聲，提著斧頭朝悟空的頭砍去。

哼，不自量力！吃我一斧！
我躲！

這巨靈神雖說名氣很大，但本事卻不如悟空。

你這妖猴一直躲來躲去，是不是連我一斧子都不敢接啊？
嘿！那我可出招了！

悟空一棒下來，打得巨靈神渾身發麻。

欠打！

看來要使出真本事了……
我劈！
我擋！
就這點功夫？
轟！
少廢話！
再吃我一擊！
煩死了！
嗖！
接下來可換我出手囉！

過招沒幾個回合，巨靈神的宣花斧就咔嚓一聲斷成了兩截。

吃我這招！
嚯呀！
嘿呀！

巨靈神趕緊逃走。

我的斧子！
死猴子！你給我等著！
哈哈哈，就憑你？我先饒了你，你快去報信吧！

接下來李靖會派誰來挑戰孫悟空？
玉皇大帝會封他為「齊天大聖」嗎？
且看下回分解。

7
齊天大聖

巨靈神回到營地見到托塔天王，連忙下跪請罪，將自己打不過孫悟空的事說了出來。

弼馬溫真的神通廣大，
末將打不過他……

李天王聽後非常生氣，覺得巨靈神長他人志氣，滅自己威風，準備將他推出去斬首示眾。

廢物東西，小小的妖猴都制服不了，
還在這裡危言聳聽！給我推出去斬了！

這時，哪吒三太子站了出來，為巨靈神求情，並表示自己願意出戰。

父親，且慢！巨靈神一時失誤情有可原，讓孩兒前去與那妖猴比試比試！
好，那你就去吧！

哪吒三太子穿戴好鎧甲，從軍營中飛到水簾洞外，剛好碰見準備收兵的悟空。

妖猴哪裡走！

悟空見哪吒來勢洶洶，便停了下來。

你是誰家的孩子？
闖到我這裡來幹麼？
我乃托塔天王三太子哪吒，
奉玉帝的旨意前來捉拿你。

要不這樣吧，你看看我旗上的字號，
去跟玉帝說說，如果他願意封我這個官，
我就跟你回去。

哪吒抬頭看了一眼，只見那旗上寫著「齊天大聖」四個字。

你這妖猴有多大本事，
怎麼配得上這個名號？
吃我一劍！
我站在原地不動，
讓你砍幾劍便是。

哪吒大喊一聲「變」，隨即變成三頭六臂，手中拿著六種兵器，分別是斬妖劍、砍妖刀、縛妖索、降妖杵、繡球兒、火輪兒。

變！

悟空不甘示弱，大喊一聲「變」，也變成了三頭六臂，就連金箍棒都一分為三。

嘿，小娃娃本事還挺多，就讓俺老孫好好陪你耍耍！
變！

兩人各顯神通，大戰了三十回合，不分高下。

去！
躲開！

齊天大聖
西遊記
齊天大聖

最後，兩人乾脆將手中的兵器變作千千萬萬件，在空中亂戰起來，嚇得滿山的妖怪都藏了起來。

正在那混亂之時，悟空拔下一根毫毛，變出了一個分身來跟哪吒對打。

悟空的真身則偷偷繞到了哪吒身後，準備朝哪吒的左胳膊來一棒。

哪吒當時正在施法，沒有反應過來，被悟空偷襲成功。

負傷的哪吒收起六件兵器，慌忙逃回了營地。

怎麼？要走啦？
再陪俺玩會兒啊！

李天王早已在半空看見哪吒和悟空鬥法，正準備派天兵去幫助哪吒，沒想到哪吒卻負傷回來了。

你怎麼回來了？我們正打算去幫你呢。
別去了，去了也打不過！

哪吒將悟空的要求一五一十說了出來。李天王聽後準備撤兵，回天庭把這事告訴玉帝。

那妖猴說，不封
他齊天大聖，他
就打上天庭來！
這……
欺人太甚，走！
咱們回天庭搬救兵去！
齊天大聖

悟空得勝後回到花果山，七十二洞妖王與六位結拜兄弟都來賀喜。

不愧是我兄弟，你比
我老牛還牛啊！

飲酒間，悟空對六位結拜兄弟說：「既然弟弟我叫齊天大聖，你們也可以稱自己為大聖。」

既然弟弟我叫齊天大聖，
你們也可以稱自己為大聖。

六兄弟聽後非常開心，都給自己取了「大聖」的稱號：牛魔王叫平天大聖，蛟魔王叫覆海大聖，鵬魔王叫混天大聖，獅駝王叫移山大聖，獼猴王叫通風大聖，禺狨王叫驅神大聖。

驅神大聖
混天大聖
通風大聖
覆海大聖
平天大聖
移山大聖

李天王與哪吒帶著天兵天將回到了靈霄寶殿，上奏玉帝增兵剿滅悟空。

陛下，那妖猴非常難纏，需要您多派一些兵馬剿除。
此外，還有件事不知道當講不當講。
什麼事？你說！
那妖猴，想要陛下封他為齊天大聖。
哈？
還說如果陛下不肯，他就要打上靈霄寶殿！
這妖猴怎麼這麼狂妄！這就增兵去剿滅他！

正說著，太白金星又站了出來，給玉帝出主意。

陛下不如乾脆封他為齊天大聖，給個空銜，沒有俸祿，也不管事，只為把他留在天上，這樣就不用興師動眾去剿滅他了。
好像也是個辦法，就按照愛卿說的去做。

太白金星領了旨，再次從南天門下凡，來到了水簾洞洞口。

這次跟第一次來時的情景可不太一樣，山上的妖怪們個個舞刀弄槍，殺氣騰騰。

你們冷靜點……
我不是敵人！

太白金星只能謹慎的讓妖怪們去稟報悟空。

麻煩你們去稟報大聖，我是玉帝派來的使者，帶著聖旨請他上天當官。

妖怪們跑進水簾洞向悟空稟報。悟空知道這次太白金星來肯定有好事。

就他一個人過來，
那肯定是要請我
回去了！

於是，悟空就讓妖怪們大張旗鼓，擺隊迎接太白金星進洞。

老星請進，恕我
沒有親自迎接你。

太白金星慢慢的走進了洞裡。

大聖你之前嫌官小，就跑了回來，御馬監的官員將這事告訴了玉帝。玉帝就派李天王下凡來擒拿你，沒想到大聖你神通廣大，最後他們戰敗了。
李天王回天庭後將你要當齊天大聖的事告訴了玉帝，其他天神聽了都不敢說話。
是我冒死上奏，玉帝才准奏，派我請你上天。
但是不知道天上有沒有齊天大聖這個官銜？
沒有的話我還敢領旨來找你嗎？
之前是你來請我，這次又是你幫我，多謝！多謝！
你到時覺得哪裡不對，儘管責怪我便是。
那就再謝謝你了。

悟空聽後非常開心，與太白金星駕著祥雲來到了南天門外。

守門天兵見到他倆，都拱手迎接。

悟空來到靈霄寶殿，見到了玉皇大帝。

孫悟空，朕今天封你為
齊天大聖，是最大的官，
但你不能胡作非為。
那就謝謝了。

隨後，玉帝又命令仙工在蟠桃園的右邊蓋起一座齊天大聖府。

此外，玉帝還賜了悟空兩瓶御酒和十朵金花。

見悟空接受後，玉帝便差五斗星君送悟空去大聖府上任。

悟空隨即跟著五斗星君來到了自己的府上。

嘿！這大聖府可
比原先的馬廄氣
派多了！
府聖大

悟空心滿意足，打開御酒，在府中開開心心的喝了起來。

這才是神仙過的日子嘛！

這齊天大聖終究是個妖猴，只看重自己的名號，也不問到底是什麼品級、俸祿多少。

大聖，咱這官有多大啊？
玉帝說了，咱這官是最大的！

他只是整天在侍從的服侍下吃吃喝喝，自由自在。

大聖！接好了！

沒事的時候，悟空就在天庭會友遊宮，交朋結義。

嗯……下一步
該怎麼走呢。
凝重
落這裡不就行了！
啊！多謝……
你誰啊你！

對其他天神，不論官階大小，悟空一律稱兄道弟。

這不是天蓬老弟嘛！
你拿著魚叉去釣魚？
你以為天神
個個都像你那麼
遊手好閒嗎?!

一日，玉帝上早朝，許旌陽真人將悟空遊手好閒、無規無矩的事情告訴了玉帝。

玉帝，這齊天大聖
天天沒事幹，四處交朋友，
不論官職大小都稱兄道弟，
這簡直是壞了規矩！

玉帝聽後，立刻宣召悟空。

既然這樣，就給他找個
事做。去，把他叫來。

悟空不緊不慢的來到了靈霄寶殿。

陛下，召我來
是要封賞我嗎？
朕見你閒來無事，
以後蟠桃園就歸你管了，
早晚都得待在那裡，
不能亂跑。
蟠桃園？
好啊好啊！

悟空聽到後開心極了，立刻從朝堂退下，直奔蟠桃園而去。

蟠桃園中的土地公見大聖過來，連忙帶著蟠桃園內的仙工給大聖磕頭，帶大聖進入園內。

前面就是蟠桃園了吧？
砰！
大聖，我乃蟠桃園的土地公。
由我來為大聖指引……
大家都出來吧，
大聖來了！
大聖，他們都是
蟠桃園的仙工，
有什麼活計差遣
他們就是了。

悟空能管理好這片桃園嗎？
這天上的蟠桃和凡間的蟠桃又有什麼不同之處？
且看下回分解。

8
攪亂蟠桃會

得知悟空是來管理蟠桃園的，土地公便給悟空介紹起園內的蟠桃來。

大聖，您看管的這片
蟠桃樹林年歲可大了！
這蟠桃樹前中後共有三千六百棵，前面的一千二百棵三千年結果一次，吃了可以成仙；中間的一千二百棵六千年結果一次，吃了能長生不老；後面的一千二百棵九千年結果一次，吃了以後可以跟日月同庚、天地齊壽。

照這麼說，那我的職責豈不是很重要！
那當然了，大聖！

順利接管桃園後，大聖沒事就來這裡待著，再也不在天庭四處遊玩、交友了。

有一天，悟空見一棵桃樹上的仙桃成熟了，想嘗個鮮，但是土地公和仙工一直跟著他，偷吃不太方便。

嘿嘿，這桃子看著鮮美多汁！要是能讓……
只是……
實在是不方便下手啊！
大聖，請問您有什麼吩咐？

於是，悟空就想了個招支開他們。

喀喀，俺老孫要仔細查看每一個蟠桃，你們在這裡容易分散我的注意力，都退下吧。
遵命！

然後，他便脫下官服，爬上大樹，專挑熟透的仙桃來吃。

自由囉！
嘿嘿！
大桃子，俺老孫來啦！

吃飽後，悟空就準備打道回府了。

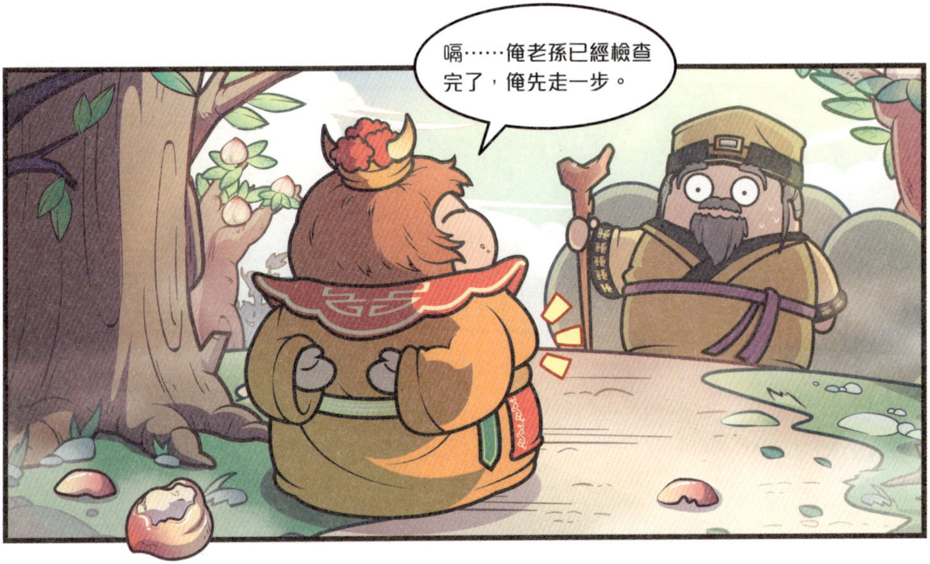
嗝……俺老孫已經檢查完了，俺先走一步。

從此以後，每隔兩三天，悟空就來蟠桃園偷吃一次。

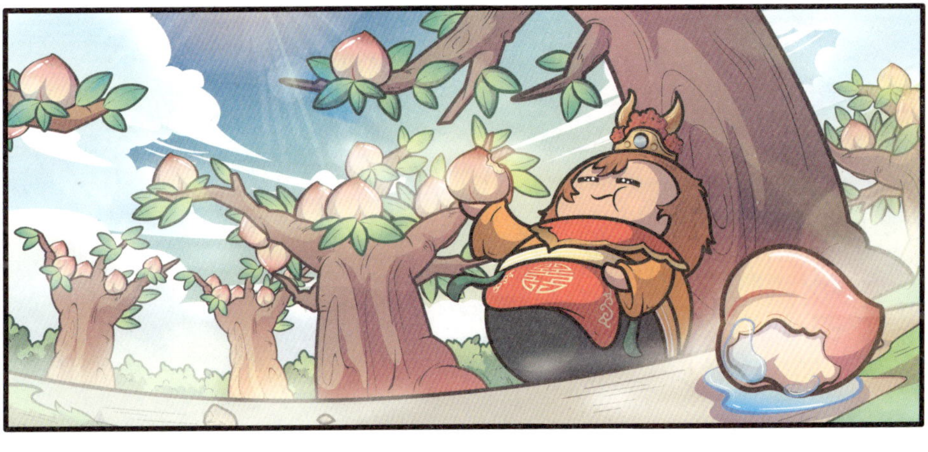

很快，每年一次的蟠桃會到了，王母娘娘派七仙女來蟠桃園摘仙桃，以便宴請眾仙。

七仙女來到園門口，看到土地公和仙工都在把門。

土地公公，我們奉王母娘娘的懿旨，特來這裡摘仙桃。
既然如此，仙女們裡邊請。

土地公聽七仙女這麼說，就帶著她們進園摘仙桃。

這時大聖在園內剛剛吃飽，變成個二寸長的小人兒，在樹梢上睡著了。

七仙女先從三千年一熟的果樹上摘了兩籃，又從六千年一熟的果樹上摘了三籃。

是我的錯覺嗎？
總覺得少了一些。

到了九千年一熟的果樹這裡，七仙女發現樹上的果子很少，就稀稀拉拉幾個沒熟的。她們不知道的是，熟的都被悟空吃了。

看來不是錯覺，桃子都到哪裡去了？

七仙女東張西望，好不容易找到一個半紅半白的熟桃。

看，那裡有個熟桃！

於是，青衣仙女扯著樹梢，紅衣仙女將仙桃摘下，沒想到悟空正睡在這樹梢上，被她們給驚醒了。

姐姐快來幫我一把！
哎呀！
好了，可以鬆手了。

悟空被吵醒後很生氣，從耳朵裡拿出金箍棒，晃了一下讓它變成碗口粗細。

可惡！
哪個不怕死的傢伙……
偷桃子偷到我齊天大聖的頭上來了？

大聖誤會了！王母娘娘要舉辦蟠桃會，
我們是奉命前來摘取仙桃的呀！
哦？原來是仙女呀，快快請起，敢
問王母娘娘這蟠桃會都請了誰？

悟空從七仙女的口中得知，往年蟠桃會，上到西天如來佛祖，下到各宮各殿的大小神仙，都受到了王母娘娘的邀請。

大聖，您那麼威
武，本尊要親自來請您
赴蟠桃盛宴。
啊哈哈哈哈
我乃齊天大聖，
王母娘娘定會請俺老孫。

悟空笑著問了一下有沒有請自己。

是不是也請我了？
沒聽說。
我乃齊天大聖，請我去赴宴，有何不可？
這是上一年的蟠桃會名單，今年還不一定。
也是，那你們等等我，我去打探一下消息，看王母娘娘請我了沒。

然後，悟空使出一個定身法，將七仙女定在桃樹之下，他自己則腳踩筋斗雲，從蟠桃園裡飛了出來，直奔瑤池而去。

萬一她們走了以後去告狀就麻煩了……
有了，我定！
哈哈哈哈哈！這下不怕了！
這個死猴子！

在去瑤池的路上，悟空碰到了前去赴宴的赤腳大仙，於是撒了個謊騙走了赤腳大仙。

這不是赤腳大仙嗎？你也是去赴宴的嗎？
大聖？真巧！
我是來傳話的，今年要先去通明殿下演禮。
這樣啊，謝謝大聖通知我。
不客氣不客氣。

接著，悟空念聲咒語，搖身一變，變成赤腳大仙的模樣，往瑤池去了。

嘿嘿，打發走了！
我變！
瑤池
哈哈哈哈，美食佳釀，我來了！

瑤池已經鋪設得整整齊齊，桌上有龍肝、鳳髓等，各種珍饈一應俱全。不過赴宴的眾仙這時還沒有到，只有幾個仙工在釀酒、擺盤。

一……二……三……
四……五……這麼多菜，
這些神仙吃得完嗎？

悟空看得直流口水，想去偷吃，就拔下幾根毫毛，念了一聲咒語。

容俺老孫先
去嘗嘗味道！

只見毫毛變成瞌睡蟲，飛到了眾仙工的臉上，然後他們就一個個昏睡了過去。

zZZ
zZZ

悟空拿起珍饈佳餚，來到酒缸旁，胡吃海喝了起來。

嘿嘿，這些都是俺老孫的啦！
咕咚
咕咚

攪亂蟠桃會
西遊記

過了一會兒，悟空醉了，自言自語了起來。

這酒……
可真香……
不好！
待會兒他們來了該怎麼辦？
不能被抓個現行，我得趕緊
回府上睡覺……
摔！

悟空搖搖擺擺往自己的大聖府走去，卻因為喝了太多酒走錯了路，來到了太上老君的兜率宮。

這……我這是
到哪兒了啊？
兜率宮？
兜率宮
也罷，也罷，一直想
來看看太上老君，今天
既然來了，就去探望一下
他老人家。

進了兜率宮，見四下沒人，悟空便走進了丹房。丹爐中還燒著火，旁邊放著五個葫蘆，葫蘆裡是煉好的金丹。

嗯？
這金丹放在這裡，
不吃豈不可惜……

悟空把葫蘆裡的金丹都倒出來，跟吃炒豆一樣將金丹都吃了。

就讓俺老孫幫你嘗嘗
這金丹的滋味吧！

吃完金丹後，悟空的酒也醒了，想起了自己的所作所為。

嗯？怎麼空了？
不好！闖大禍了！
我看我還是回花果山當大王吧。

這次悟空沒敢走南天門，用了個隱身法，從西天門悄悄跑回了花果山。

變！

到花果山的時候，悟空看見眾妖王、四健將正帶著小的們操練，就在半空中大喊了一聲。

小的們！
我回來了！

猴子們見悟空回來了，丟掉手中的兵器，全都跪倒在地。

大王回來了？
大王！您上天一百多年，現在終於回來了！
我才去了半年，怎麼就一百多年了？
大王忘了？天上一天，地上一年啊。

然後，猴子們又問悟空去天上的這一百多年裡，被授予了什麼官職。

大王在天上都做了什麼官，快跟小的們說說。

於是，悟空就將自己在天上被封為齊天大聖，管理蟠桃園，大鬧蟠桃會，偷吃仙丹，最後怕玉帝責怪就跑回來的事都跟猴子們說了一遍。

齊天大聖

猴子們越聽越開心，隨即為大聖安排酒席接風，倒了滿滿一壺椰酒奉上。

大王，這是我們
最上等的椰酒！
讓我嘗嘗。

大聖喝了一口，齜牙咧嘴的抱怨了一番。

真是最上等的嗎？
感覺不太對勁啊！

原來，悟空喝了玉液瓊漿，再回來喝這凡間的果酒，未免有些不適應。

這跟俺在天上喝
的完全沒法比啊！

悟空想到天上這麼好的酒，自己的猴子猴孫卻沒喝過，便翻了個筋斗，用了隱身法，飛回了蟠桃會上。

大王，天上的美
酒都是啥味道啊？
也罷，俺去給你
們弄一點過來！
小的們，俺
去去就回！

悟空來到宴席上，發現那些釀酒、燒火的仙工都還沒醒。

還沒醒啊，
這就好辦了！
ZZZ
ZZZ

他便偷了幾罐酒，帶回了花果山，與猴子猴孫辦了個「仙酒會」，共同品嘗玉液瓊漿。

接著奏樂！
接著跳舞！
仙酒會

話說七仙女的定身術解開之後，就去向王母娘娘稟報了自己被大聖用法術定住的事。

這個臭猴子，我定要將此事稟報王母娘娘！

王母娘娘聽後卻問她們摘了多少仙桃。

你們摘了多少仙桃啊？
x2
x3
只有兩籃小桃和三籃中桃，大桃半個也沒有，想必是被大聖偷吃了。

王母娘娘聽後非常生氣，就去跟玉皇大帝說了這事。

那隻妖猴怕是
要翻天了！

事情還沒說完，釀酒的那些仙工也來到了玉皇大帝這裡。

陛下，不好啦！
又怎麼啦？
不知道是誰把為蟠桃大
會準備的酒都喝光了！

太過分了！
這個妖猴……
報!!

這時太上老君也來了，將自己的九轉金丹被偷的事告訴了玉皇大帝。隨後，赤腳大仙也趕了過來，將悟空騙自己的事告訴了玉皇大帝。

陛下，我的金丹都被偷吃了！
我被大聖騙到通明殿，結果那裡什麼事也沒發生！
這隻妖猴太猖狂了，完全沒把我的天庭放在眼裡！

玉帝聽後立刻派人搜查了大聖府，但齊天大聖早就不在府中了。

給我
徹查
大聖府！
陛下……
恐怕不用查了，
那個大聖，他……
早跑了……

玉帝越想越生氣。

這猴子！假傳旨意！
哄騙各位神仙！
立刻把他給我抓回來！

玉皇大帝會派誰去捉拿悟空呢？
這一次，悟空還能成功逃脫嗎？
且看下回分解。

本書經四川文智立心傳媒有限公司代理，由中南博集天卷文化傳媒有限公司正式授權，同意台灣東販股份有限公司在台灣出版、在全球發行中文繁體字版本。非經書面同意，不得以任何形式任意重製、轉載。

賽雷三分鐘漫畫西遊記1

石猴出世、齊天大聖、攪亂蟠桃會

2025年7月1日初版第一刷發行

著　　者　賽雷
主　　編　陳其衍
美術編輯　黃瀞瑢
發 行 人　若森稔雄
發 行 所　台灣東販股份有限公司
＜地址＞台北市南京東路4段130號2F-1
＜電話＞（02）2577-8878
＜傳真＞（02）2577-8896
＜網址＞https://www.tohan.com.tw
郵撥帳號　1405049-4
法律顧問　蕭雄淋律師
總 經 銷　聯合發行股份有限公司
＜電話＞（02）2917-8022

國家圖書館出版品預行編目（CIP）資料

賽雷三分鐘漫畫西遊記1：石猴出世、齊天大聖、攪亂蟠桃會／賽雷著. -- 初版. -- 台北市：台灣東販股份有限公司, 2025.07
244面；17×21公分
ISBN 978-626-379-975-2（平裝）

1.CST：西遊記　2.CST：漫畫

857.47　　114006879